AF402393

# EXTRAIT

## DES

# CANTIQUES CHOISIS

### A L'USAGE DES MISSIONS

#### ET DES RETRAITES.

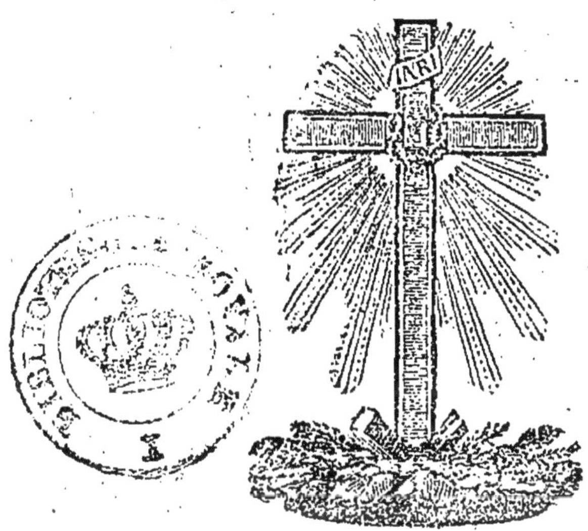


A LYON,

GIBERTON ET BRUN, LIBRAIRES,

petite rue Mercière, 7.

Lyon. Imp. Nigon, 1. Chalamont, 5.

# TABLE.



*( Les chiffres qui suivent l'indication du sujet des Cantiques, donnent les numéros des airs notés du Recueil d'où ils sont extraits. )*

## Sur le Salut. (N° 5.)

1. Nous n'avons à faire
Que notre salut ;                                    bis.
C'est là notre but ,
C'est là notre unique affaire.
Nous serons heureux
En cherchant les Cieux.                              bis.

2. Notre ame immortelle,                             bis.
Est faite pour Dieu ;
La terre est trop peu ,
Ou plutôt n'est rien pour elle.
Nous serons heureux
En cherchant les Cieux.                              bis.

3. Perte universelle !                               bis.
Perdre son Sauveur ,
Perdre son bonheur ,
Perdre la vie éternelle !
Afin d'être heureux ,
Nous cherchons les Cieux.                            bis.

4. Prends pour toi la terre ,                        bis.
Avare indigent ;
Pour l'or et l'argent
Entreprends procès et guerre :
Pour nous, plus heureux,
Nous cherchons les Cieux.                            bis.

5. Recherche, ame immonde,
Selon tes désirs,
Les biens , les plaisirs                             bis.
Et les honneurs de ce monde :
Pour nous plus heureux
Nous cherchons les Cieux.                            bis.

6. Poursuis la fumée                                 bis.
D'un bien passager ,
Gagne un monde entier :
Quel gain si l'ame est damnée !
Pour nous plus heuréux
Nous cherchons les Cieux.                            bis.

7. Nous cherchons la grâce ,
   Le reste n'est rien ;                    *bis.*
   Ce n'est pas un bien,
Dès lors qu'il trompe et qu'il passe :
   Afin d'être heureux ,
   Nous cherchons les Cieux.             *bis.*

8. Point d'autre excellence
   Que l'humilité ;                        *bis.*
   Notre pauvreté
Fait toute notre abondance :
   L'objet de nos vœux ,
   C'est d'aller aux Cieux.               *bis.*

9. Notre savoir faire
   Est tout dans la Croix ;               *bis.*
   Si nous sommes rois ,
Ce n'est que sur le Calvaire :
   L'objet de nos vœux
   C'est d'aller aux Cieux.               *bis.*

10. Nous cherchons la vie,
   La gloire , la paix                     *bis.*
   Qui dure à jamais.
En avez-vous quelque envie ?
   Venez, suivez-nous ,
   Et nous l'aurons tous.                 *bis.*

11. Allons à Marie ,
   Allons à Jésus.                         *bis.*
   Qu'avons-nous de plus ?
C'est la gloire , c'est la vie :
   Venez, suivez-nous ,
   Et nous l'aurons tous.                 *bis.*

---

## Sur la Mort. N° 6.

1. A la mort , à la mort ,
   Pécheur , tout finira.
   Le Seigneur , à la mort ,
   Te jugera.

2. Il faut mourir, il faut mourir,
   De ce monde il nous faut sortir ;

Le triste arrêt en est porté ;
Il faut qu'il soit exécuté.
    A la mort, etc.

3. Comme une fleur qui se flétrit,
Ainsi bientôt l'homme périt :
L'affreuse mort vient de ses jours
Dans peu de temps finir le cours.
    A la mort, etc.

4. Pécheurs, approchez du cercueil,
Venez confondre votre orgueil :
Là, tout ce qu'on estime tant,
Est enfin réduit au néant.
    A la mort, etc.

5. Esclaves de la vanité,
Que deviendra votre beauté ?
Vos traits sans forme et sans couleur
Vous rendront un objet d'horreur.
    A la mort, etc.

6. Vous qui suivez tous vos désirs,
Qui vous plongez dans les plaisirs,
Pour vous quel affreux changement
La mort va faire en ce moment !
    A la mort, etc.

7. Plus de plaisirs, plus de douceur,
Plus de pouvoir, plus de grandeur ;
Ces biens dont vous êtes jaloux
Vont tout-à-coup périr pour vous.
    A la mort, etc.

8. Adieu, famille, adieu, parents,
Adieu, chers amis, chers enfants !
Votre cœur se désolera ;
Mais enfin tout vous quittera.
    A la mort, etc.

9. Ce moment doit bientôt venir ;
Mais on en fuit le souvenir,
Et l'homme, sans réflexion,
Vit ainsi dans l'illusion.
    A la mort, etc.

10. S'il fallait subir votre arrêt,
    Chrétiens, qui de vous serait prêt?
    Combien dont le funeste sort
    Serait une éternelle mort!
        A la mort, etc.


## Sur le Ciel. (*N*ᵒˢ 116, 8 *et* 140.)

1. Sainte cité, demeure permanente,
   Sacré palais qu'habite le grand Roi,
   Où doit sans fin régner l'ame innocente,
   Quoi de plus doux que de penser à toi?
        O ma patrie!
        O mon bonheur!
        Toujours chérie,
        Sois le vœu de mon cœur.          *bis.*

2. Dans tes parvis tout n'est plus qu'allégresse,
   C'est un torrent des plus chastes plaisirs :
   On ne ressent ni peines, ni tristesse,
   On ne connaît ni plaintes, ni soupirs.          *bis.*
        O ma patrie, etc.

3. Tes habitants ne craignent plus d'orage :
   Ils sont au port, ils y sont pour jamais :
   Un calme entier devient leur doux partage;
   Dieu dans leur cœur verse un fleuve de paix. *bis.*
        O ma patrie, etc.

4. De quel éclat ce Dieu les environne!
   Ah! je les vois tous brillant de clarté;
   Rien ne saurait plus flétrir leur couronne;
   Leur vêtement est l'immortalité.          *bis.*
        O ma patrie, etc.

5. Pour les élus il n'est plus d'inconstance.
   Tout est soumis au joug du saint amour;
   L'affreux péché n'a plus là de puissance.
   Tout bénit Dieu dans cet heureux séjour.          *bis.*
        O ma patrie, etc.

6. Beauté divine, ô beauté ravissante!
   Tu fais l'objet du suprême bonheur :
   O quand naîtra cette aurore brillante
   Où nous pourrons contempler ta splendeur!          *bis.*
        O ma patrie, etc.

7. Puisque Dieu seul est notre récompense,
Qu'il soit aussi la fin de nos travaux :
Dans cette vie un moment de souffrance
Mérite au Ciel un éternel repos !        *bis.*
    O ma patrie , etc.
*(Pour l'air N° 140 , on prend le 6<sup>me</sup> couplet pour refrain.)*

---

## Vanité des choses du Monde. (*N° 13.*)

1. Tout n'est que vanité,
Mensonge, fragilité,
Dans tous ces objets divers
Qu'offre à nos regards l'univers :
Tous ces brillants dehors ,
    Cette pompe,
Ces biens, ces trésors,
    Tout nous trompe,
Tout nous éblouit ,
Mais tout nous échappe et nous fuit.
2. Telles qu'on voit les fleurs,
Avec leurs vives couleurs,
Eclore, s'épanouir,
Se faner, tomber et périr :
    Tel est des vains attraits
        Le partage ;
    Tels l'éclat, les traits
        Du bel âge,
    Après quelques jours,
Perdent leur beauté pour toujours.
3. En vain, pour être heureux ,
Le jeune voluptueux
Se plonge dans les douceurs
Qu'offrent les mondains séducteurs ;
    Plus il suit les plaisirs
        Qui l'enchantent
    Et moins ses désirs
        Se contentent :
    Le bonheur le fuit
A mesure qu'il le poursuit.

4. Que doivent devenir
Pour l'homme qui doit mourir,
Ces biens long temps amassés,
Cet argent, cet or entassés ?
  Fût-il du genre humain
    Seul le maître,
  Pour lui tout enfin
    Cesse d'être;
  Au jour de son deuil
Il n'a plus pour lui qu'un cercueil.

5. J'ai vu l'impie heureux
  Porter son air fastueux
  Et son front audacieux
Au-dessus du cèdre orgueilleux;
    Au loin tout révérait
      Sa puissance,
    Et tout adorait
      Sa présence :
  Je passe, et soudain
Il n'est plus; je le cherche en vain.

6. Au savant orgueilleux
  Que sert un génie heureux,
  Un nom devenu fameux
  Par mille travaux glorieux ?
    Non, les plus beaux talents,
      L'éloquence ,
    Les succès brillants,
      La science,
    Ne servent de rien
  A qui ne sait vivre en chrétien.

7. Arbitre des humains ,
  Dieu seul tient entre ses mains
  Les évènements divers
Et le sort de tout l'univers;
    Seul il n'a qu'à parler,
      Et la foudre
    Va frapper, brûler,
      Mettre en poudre
  Les plus grands héros, -
Comme les plus vils vermisseaux.

8. La mort, dans son courroux,
Dispense à son gré les coups,
Et l'homme ne fut jamais
A l'abri d'un seul de ses traits.
Sur son triste retour
La vieillesse.
Dans son plus beau jour
La jeunesse,
L'enfance au berceau,
Trouvent tour à tour leur tombeau.
9. Oh ! combien malheureux
Est l'homme présomptueux,
Qui dans ce monde trompeur
Croit pouvoir trouver son bonheur :
Dieu seul est immortel,
Immuable,
Seul grand, éternel,
Seul aimable.
Avec son secours,
Donnons-nous à lui pour toujours.

## Invitation au Pécheur. (*N°* 16.)

1. Reviens, pécheur, à ton Dieu qui t'appelle,
Viens au plus tôt te mettre sous sa loi ;
Tu n'as été déjà que trop rebelle :
Reviens à lui puisqu'il revient à toi.
2. Dans tes écarts sa voix se fait entendre,
Sans se lasser partout il te poursuit,
Du bon pasteur, du père le plus tendre,
Il a le cœur : ton cœur ingrat le fuit.
3. Attraits, frayeur, remords, secret langage,
Rien n'échappait à son amour constant ;
A-t-il pour toi dû faire davantage ?
A-t-il pour toi dû même faire autant ?
4. Il fut toujours pour toi plein de clémence,
Ton méchant cœur s'en prévaut chaque jour ;
Plus de rigueur vaincrait sa résistance,
Tu l'aimerais s'il avait moins d'amour.

5. Marche au grand jour que t'offre sa lumiere,
   A sa faveur tu peux faire le bien ;
   La nuit bientôt finira ta carrière,
   Funeste nuit où l'on ne peut plus rien.
6. Ta courte vie est un songe qui passe,
   Et de ta mort le jour est incertain.
   Si l'Eternel veut te donner sa grâce,
   Te promit-il jamais le lendemain ?
7. Non, le ciel doit te combler de délices,
   Si la vertu te suit à ton trépas ;
   Ou bien l'enfer t'ouvrir ses précipices,
   Si c'est le crime : et tu n'y penses pas !

---

## Retour du Pécheur. (*N*° 115.)

1. Voici, Seigneur, cette brebis errante
   Que vous daignez chercher depuis longtemps ;
   Touché, confus d'une si longue attente,
   Sans plus tarder, je reviens, je me rends.   *bis.*
2. Errant, perdu, je cherchais un asile,
   Je m'efforçais de vivre sans effroi,
   Mais, ô mon Dieu ! pouvais-je être tranquille,
   Si loin de vous, et vous si loin de moi ?   *bis.*
3. Je me repens de ma faute passée ;
   Contre le ciel, contre vous j'ai péché :
   Mais oubliez ma conduite insensée,
   Et ne voyez en moi qu'un cœur touché.   *bis.*
4. Quand sous vos yeux, grand Dieu, je considère
   Toute l'horreur de tant d'excès commis,
   Comment oser vous appeler mon père ?
   Comment oser me dire votre fils ?   *bis.*
5. Dieu de nos cœurs, principe de tout être,
   Unique objet qui pouvez nous charmer,
   Que j'ai longtemps vécu sans vous connaître !
   Que j'ai longtemps vécu sans vous aimer !   *bis.*
6. Votre bonté surpasse ma malice,
   Pardonnez-moi ce long égarement :
   Je le déteste, il fait tout mon supplice,
   Et pour vous seul j'en pleure amèrement.   *bis.*

7. Je ne vois rien que mon cœur ne défie :
Malheurs, tourments, biens, charmes les plus doux,
Non fallût-il cent fois perdre la vie,
Rien ne pourra me séparer de vous.　　*bis.*

---

## Sentiments de Contrition. (*N°* 21.)

1. Hélas !
Quelle douleur
Remplit mon cœur,
Fait couler mes larmes !
Hélas !
Quelle douleur
Remplit mon cœur
De crainte et d'horreur !
Autrefois,
Seigneur, sans alarmes,
De tes lois
Je goûtais les charmes :
Hélas !
Vœux superflus,
Beaux jours perdus,
Vous ne serez plus !!!

2. La mort
Déjà me suit ;
O triste nuit !
Déjà je succombe :
La mort
Déjà me suit ;
Le monde fuit,
Tout s'évanouit.
Je la vois
Entr'ouvrant ma tombe
Et sa voix
M'appelle et j'y tombe.
O mort !
Cruelle mort !
Si jeune encore !
Quel funeste sort !

3. Frémis,
Ingrat pécheur,
Un Dieu vengeur
D'un regard sévère,
Frémis,
Ingrat pécheur,
Un Dieu vengeur
Va sonder ton cœur.
Malheureux !
Entends son tonnerre ;
Si tu peux,
Soutiens sa colère :
Frémis ;
Seul aujourd'hui,
Sans nul appui
Parais devant-lui.

4. Grand Dieu !
Quel jour affreux
Luit à mes yeux !
Quel horrible-abîme,
Grand Dieu !
Quel jour affreux
Luit à mes yeux !
Quels lugubres feux !
Oui l'enfer,
Vengeur de mon crime,
Est ouvert,
Attend sa victime.
Grand Dieu !
Quel avenir !
Pleurer, gémir,
Toujours te haïr !

5. Beau Ciel,
  Je t'ai perdu,
  Je t'ai vendu
  Par de vains caprices ;
    Beau Ciel,
  Je t'ai perdu,
  Je t'ai vendu ;
Regret superflu !
  Loin de toi,
Toutes les délices
  Sont pour moi
De nouveaux supplices.
    Beau Ciel !
  Toi que j'aimais,
  Qui me charmais,
Ne te voir jamais !...
  6. O vous !
  Amis pieux,
  Toujours joyeux !
Et plein d'espérance !
    O vous !
  Amis pieux,
Toujours joyeux ,
Moi seul malheureux !
    J'ai voulu
Sortir de l'enfance ;
    J'ai perdu
L'aimable innocence.
    O vous !
Du Ciel un jour
  Heureuse Cour,
Adieu sans retour.

7. Non, non ,
  C'est une erreur ;
  Dans mon malheur,
Hélas ! je m'oublie.
    Non, non,
  C'est une erreur ;
  Dans mon malheur,
Je trouve un Sauveur.
    Il m'entend,
  Me réconcilie ;
  Dans son sang
Je reprends la vie.
    Non, non :
  Je l'aime encor,
  Et le remords
A changé mon sort.
  8. Jésus !
  Manne des cieux,
  Pain des heureux,
Mon cœur te réclame ;
    Jésus !
  Manne des cieux,
  Pain des heureux,
Viens combler mes vœux.
    Désormais
Ta divine flamme
    Pour jamais
Embrâse mon ame.
    Jésus !
  O mon Sauveur !
  Fais de mon cœur
L'éternel bonheur.

---

## Sur la Foi. ( N° 25.)

1. Que tout cède à la Foi ;
C'est la raison suprême,
Et notre raison même
Souscrit à cette loi :
Que tout cède à la Foi.

2. Le Seigneur a parlé,
Sa voix s'est fait entendre,
Nous croyons sans com-
  prendre
Ce qu'il a révélé ;
Le Seigneur a parlé.

3. Le fils du Dieu vivant
Au monde a voulu naître ;
On l'a dû reconnaître
En œuvres tout-puissant,
Le Fils du Dieu vivant.
4. Douze pauvres pécheurs
Ont annoncé sa gloire ;
Partout ils ont fait croire
Ces sublimes grandeurs,
Douze pauvres pécheurs.
5. Ah ! quel plus sûr garant
Que leur seul témoignage ?
Ils ont donné pour gage
Leur vie avec leur sang.
Ah ! quel plus sûr garant ?
6. Malgré tous les tyrans,
La mort même féconde,
A peuplé tout le monde

De Chrétiens renaissants,
Malgré tous les tyrans.
7. Nous avons des Pasteurs,
Successeurs des Apôtres :
D'où sont venus les vôtres,
Hérétiques trompeurs ?
Nous avons des Pasteurs.
8. Je suis sûr de ma Foi
En consultant l'Eglise,
Et mon ame soumise
Reçoit d'elle la loi :
Je suis sûr de ma Foi.
9. Que tout cède à la Foi :
C'est la raison suprême,
Et notre raison même
Souscrit à cette loi :
Que tout cède à la Foi.

---

## Sur l'Espérance. (N° 25.)

J'espère en vous,
Dieu tout-puissant: Dieu de clémence;
J'espère en vous,
O père si tendre et si doux !
C'est vous qui, par votre puissance,
Des biens répandez l'abondance ;
J'espère en vous.
2. J'espère en vous,
Fidèle dans vos promesses ;
J'espère en vous.
Toujours libéral envers tous,
Vous promettez avec tendresse,
Vous répandez avec largesse ;
J'espère en vous.
3. J'espère en vous ;
Quelque disgrâce qui m'accable,
J'espère en vous ;
Quelque pesants que soient vos coups;

C'est la main d'un juge équitable,
D'un bon maître, d'un père aimable ;
   J'espère en vous.
  4. J'espère en vous ;
Dans la langueur, dans la souffrance,
   J'espère en vous.
La souffrance est un bien pour nous ;
Par elle votre providence
Veut éprouver notre constance ;
   J'espère en vous.
  5. J'espère en vous ;
Quoique l'enfer médite ou fasse,
   J'espère en vous.
Non, je ne craindrai point ses coups :
Il n'est point, avec votre grâce,
D'ennemi que je ne terrasse ;
   J'espère en vous.
  6. J'espère en vous ;
Malgré mes fautes, ma misère,
   J'espère en vous.
Confus, tremblant à vos genoux,
J'implore ma grâce, ô mon Père !
Apaisez donc votre colère ;
   J'espère en vous.
  7. J'espère en vous ;
Par Jésus-Christ qui me ranime,
   J'espère en vous :
Il s'est fait victime pour nous ;
Par le sang de cette victime
O mon Dieu ! pardonnez mon crime ;
   J'espère en vous.
  8. J'espère en vous ;
Ah ! sauvez-moi, je le désire ;
   J'espère en vous.
Jésus meurt pour nous sauver tous ;
Il pense à moi quand il expire ;
Couvert de son sang j'ose dire :
   J'espère en vous.

## Sur la Prière. (N° 25.)

1. Il faut prier,
Du Seigneur c'est la loi
 suprême ;
  Il faut prier,
Afin de nous sanctifier.
Mais que , pour ce Dieu
 qui nous aime ,
Notre tendresse soit extrê-
 me,
  Pour bien prier.
 2. Il faut prier ;
Ce Dieu notre souverain
 Maître ;
  Il faut prier ;
A ses pieds gémir, supplier
Mais en coupable il faut
 paraître,
Et notre orgueil doit dis-
 paraître ,
  Pour bien prier.
 3. Il faut prier,
Quelle occupation plus
sainte ?
  Il faut prier ,
Bénir Dieu , le glorifier.
Mais de ces traits que l'ame
 empreinte ,
Unisse l'amour à la crainte
  Pour bien prier.
 4. Il faut prier,
N'oublions point cette
 maxime ;
  Il faut prier,
Louer Dieu, le remercier.
Mais qu'un feu sacré nous
 anime,
Nous fasse détester le cri-
 me,
  Pour bien prier.

5. Il faut prier,
A l'aspect de notre mi-
 sère
  Il faut prier,
Afin de nous fortifier.
Mais notre cœur doit de la
 terre
Mépriser les biens, la pous-
 sière,
  Pour bien prier.
 6. Il faut prier
Avec une foi vive et pure ;
  Il faut prier,
Afin de nous purifier.
Il faut que notre ame at-
 tentive
Soit humble , fervente et
 plaintive ,
Pour bien prier.
 7. Il faut prier
Avec ardeur et confiance ;
  Il faut prier
Sans se lasser, sans s'en-
 nuyer.
Qu'à Dieu notre persévé-
 rance
Fasse une sainte violence,
  Pour bien prier.
 8. Il faut prier ,
Du Très-Haut chanter les
 louanges ;
  Il faut prier ,
Au ciel il faut s'associer ;
Il faut nous unir aux
 saints Anges,
A Marie, aux Saints , aux
 Archanges,
  Pour bien prier

## Invocation au Saint-Esprit. (N° 100.)

Esprit saint, descendez en nous ; *bis.*
Embrâsez notre cœur de vos feux,
De vos feux
Les plus doux. *bis.*
Sans vous notre vaine prudence
Ne peut, hélas ! que s'égarer ;
Ah ! dissipez notre ignorance : *bis.*
Esprit d'intelligence,
Venez nous éclairer. *bis.*

*Refr.* Esprit saint, descendez en nous, etc.
Le noir enfer, pour nous livrer la guerre,
Se réunit au monde séducteur :
Tout est pour nous embûche sur la terre,
Soyez, soyez notre libérateur.
*Refr.* Esprit saint, etc.
Enseignez-nous la divine sagesse ;
Seule elle peut nous conduire au bonheur ;
Dans ses sentiers qu'heureuse est la jeunesse !
Qu'heureuse est la vieillesse !
*Refr.* Esprit saint, etc.

---

## Pour l'Élévation et la Bénédiction. (N° 43)

1. Adorons ici notre Dieu ;
C'est lui, chrétiens, rendons-lui nos hommages ;
Que la foi perce les nuages
Qui le cachent en ce saint lieu. *bis.*
2. Prosternons-nous à ses pieds ;
Pleurons ici, confessons notre offense.
Nous éprouverons sa clémence
Si nos cœurs sont humiliés. *bis.*
3. Bénissez-nous, divin Jésus ;
Jetez sur nous un regard salutaire,
Le doux regard d'un tendre père,
Ce regard qui fait les Elus. *bis.*

4. Gloire, honneur, bénédiction
Au fils de Dieu, le sauveur de nos ames ;
  Que nos cœurs des plus pures flammes  } bis.
  Brûlent toujours pour son saint nom !

---

## Même Sujet. (*N°* 48.)

1. O Roi des cieux !
Vous nous rendez tous heureux ;
Vous comblez tous nos vœux
En résidant pour nous dans ces lieux.
Prodige d'amour,
Dans ce séjour
Vous vous immolez pour nous chaque jour :
A l'homme mortel
Vous offrez un aliment éternel.
O Roi des cieux ! etc.
2. Seigneur, vos enfants
Reconnaissants
Vous offrent les plus tendres sentiments ;
Leurs cœurs, sans retour,
Veulent brûler du feu de votre amour.
O Roi des cieux ! etc.
3. Chantons tous en chœur :
Amour, honneur
A Jésus notre aimable Rédempteur !
Chantons à jamais
De son amour les éternels bienfaits.
O Roi des cieux ! etc.

---

## La conversion du Pécheur. (*N°* 47)

1. Mon doux Jésus, enfin voici le temps
De pardonner à nos cœurs pénitents ;
Nous n'offenserons jamais plus
Votre bonté suprême,  } bis.
O doux Jésus,

2. Puisqu'un pécheur vous a coûté si cher,
Faites-lui grâce; il ne veut plus pécher.
Ah ! ne perdez pas cette fois
La conquête admirable       *bis.*
De votre croix.

5. Enfin, mon Dieu, nous sommes à genoux
Pour vous prier de nous pardonner tous.
Pardonnez nous, ô Dieu clément !
Lavez-nous de nos crimes       *bis.*
Dans votre sang.

---

## Résolution après la sainte Communion.
### (N<sup>os</sup> 30, 61 *et* 120.)

1. Le monde en vain, par ses biens et ses charmes,
Veut m'engager à plier sous sa loi :
Mais pour me vaincre, il faut bien d'autres armes
Je ne crains rien, Jésus est avec moi.

2. Venez, venez, puissances de la terre,
Déchaînez-vous pour me ravir ma foi ;
Quand de concert vous me feriez la guerre,
Je ne crains rien, Jésus est avec moi.

3. Monstre infernal, arme-toi de ta rage ;
Que tes démons se liguent avec toi,
Tu ne pourras abattre mon courage ;
Je ne crains rien, Jésus est avec moi.

4. Non, non, jamais la mort la plus cruelle
Ne me fera trahir ce divin Roi !
Jusqu'au trépas je lui serai fidèle,
Je ne crains rien, Jésus est avec moi.

5. Que les enfers, les airs, la terre et l'onde
Conspirent tous pour me remplir d'effroi ;
Quand je verrais crouler sur moi le monde,
Je ne crains rien, Jésus est avec moi.

6. Divin Jésus, mon unique espérance !
Vous pouvez tout, oui, Seigneur, je le crois ;
Mon cœur en vous est plein de confiance,
Je ne crains rien, Jésus est avec moi.

# En l'honneur du saint nom de Jésus. (N° 62.)

1. Vive Jésus !
C'est le cri de mon ame ;
Vive Jésus ! c'est le Dieu des vertus :
Aimable nom, quand ma voix te réclame,
D'un nouveau feu pour toi mon cœur s'enflamme.
Vive Jésus !                                        bis.

2. Vive Jésus !
C'est le cri qui rallie
Sous ses drapeaux le peuple des élus.
Suivre Jésus ! c'est aussi mon envie ;
Suivre Jésus ! c'est mon bien, c'est ma vie :
Vive Jésus !                                        bis.

3. Vive Jésus !
C'est un cri d'espérance
Pour les pécheurs repentants et confus ;
Sur eux du ciel attirant la clémence,
Ce nom sacré soutient leur pénitence :
Vive Jésus !                                        bis.

4. Vive Jésus !
A ce cri de vaillance,
Je verrai fuir les démons éperdus.
Un mot suffit pour dompter leur puissance,
Pour terrasser leur superbe insolence :
Vive Jésus !                                        bis.

5. Vive Jésus !
Cri de reconnaissance
D'un cœur touché des biens qu'il a reçus ;
L'enfer veut-il troubler sa confiance,
Il dit encore avec plus d'assurance :
Vive Jésus !                                        bis.

6. Vive Jésus !
C'est mon cri d'allégresse,
O Dieu caché sous un pain qui n'est plus !
Quand, aux douceurs d'une céleste ivresse,
Je reconnais l'objet de ma tendresse :
Vive Jésus !                                        bis.

7. Vive Jésus !
C'est le cri de victoire
Des bienheureux que le ciel a reçus ;
De leurs combats consacrant la mémoire,
Ce nom puissant éternise leur gloire :
Vive Jésus !                                    *bis.*
8. Vive Jésus !
Vive sa tendre Mère !
Elle est aussi la mère des élus.
Si nous l'aimons, si nous voulons lui plaire,
Chantons Jésus, notre Dieu, notre frère :
Vive Jésus !                                    *bis.*
9. Vive Jésus !
Qu'en tous lieux la victoire
Mette à ses pieds les méchants confondus !
O nom sacré ! nom cher à ma mémoire,
Puissé-je vivre et mourir pour ta gloire !
Vive Jésus !                                    *bis.*

---

## La Passion de Jésus-Christ. (*N°* 71.)

1. Au sang qu'un Dieu va répandre
   Ah ! mêlez du moins vos pleurs,
   Chrétiens qui venez entendre
   Le récit de ses douleurs ;
   Puisque c'est pour vos offenses
   Que ce Dieu souffre aujourd'hui,
   Animés par ses souffrances,
   Vivez et mourez pour lui.
2. Dans un jardin solitaire
   Il sent de rudes combats ;
   Il prie, il craint, il espère ;
   Son cœur veut et ne veut pas.
   Tantôt la crainte est plus forte,
   Tantôt l'amour est plus fort ;
   Mais enfin l'amour l'emporte,
   Il se soumet à la mort.

3. Judas, que la fureur guide,
L'aborde d'un air soumis ;
Il l'embrasse, et ce perfide
Le livre à ses ennemis.
Judas, un pécheur t'imite
Quand il feint de l'apaiser ;
Souvent sa bouche hypocrite
Le trahit par un baiser.

4. On l'abandonne à la rage
De cent tigres inhumains ;
Sur son aimable visage
Les soldats portent les mains.
Vous deviez, Anges fidèles,
Témoins de ces attentats,
Ou le mettre sous vos ailes,
Ou frapper tous ces ingrats.

5. Ils le traînent au Grand-Prêtre,
Qui seconde leur fureur,
Et ne veut le reconnaître
Que pour un blasphémateur !
Quand il jugera la terre,
Le Sauveur aura son tour ;
Aux éclats de son tonnerre
Tu le connaîtras un jour.

6. Tandis qu'il se sacrifie,
Tout conspire à l'outrager ;
Pierre lui-même l'oublie,
Et le traite d'étranger.
Mais Jésus perce son âme
D'un regard tendre et vainqueur,
Et met, d'un seul trait de flamme,
Le repentir dans son cœur.

7. Chez Pilate, on le compare
Au dernier des scélérats :
Qu'entends-je, ô peuple barbare !
Tes cris sont pour Barrabas !
Quelle indigne préférence !
Le juste est abandonné ;
On condamne l'innocence,
Et le crime est pardonné.

8. On le depouille, on l'attache ;
   Chacun arme son courroux :
   Je vois cet Agneau sans tache
   Tombant presque sous les coups.
   C'est à nous d'être victimes,
   Arrêtez, cruels bourreaux !
   C'est pour effacer vos crimes
   Que son sang coule à grands flots.

9. Une couronne cruelle
   Perce son auguste front :
   A ce chef, à ce modèle,
   Mondains, vous faites affront ;
   Il languit dans les supplices,
   C'est un homme de douleurs ;
   Vous vivez dans les délices,
   Vous vous couronnez de fleurs.

10. Il marche, il monte au Calvaire,
    Chargé d'un infâme bois ;
    De là comme d'une chaire,
    Il fait entendre sa voix :
    Ciel, dérobe à ta vengeance
    Ceux qui m'osent outrager.
    C'est ainsi, quand on l'offense,
    Qu'un chrétien doit se venger.

11. Une troupe mutinée
    L'insulte et crie à l'envi :
    Qu'il change sa destinée,
    Alors nous croirons en lui !
    Il peut la changer sans peine,
    Malgré vos nœuds et vos clous ;
    Mais le nœud qui seul l'enchaîne
    C'est l'amour qu'il a pour nous.

12. Ah ! de ce lit de souffrance,
    Seigneur, ne descendez pas ;
    Suspendez votre puissance,
    Restez-y jusqu'au trépas ;
    Mais tenez votre promesse,
    Attirez-nous près de vous ;
    Pour prix de votre tendresse
    Puissions-nous y mourir tous !

13. Il expire, et la nature
    Dans lui pleure son auteur..
    Il n'est point de créature
    Qui ne marque sa douleur :
    Un spectacle si terrible
    Ne pourra-t-il me toucher ?
    Et serai-je moins sensible
    Que n'est le plus dur rocher ?

---

## Consécration à la Sainte-Vierge. (N°. 76.)

1. Je veux célébrer par mes louanges
   La gloire de la Reine des cieux,
   Et m'unissant aux concerts des anges,
   Je m'engage à la chanter comme eux ,
   Je m'engage, etc.
2. Sur vos pas, ô divine Marie !
   Plus heureux qu'à la suite des rois,
   Dès ce jour et pour toute ma vie,
   Je m'engage à vivre sous vos lois,
       Je m'engage, etc.
3 Si du monde écoutant le langage,
   Du plaisir j'ai cherché les attraits,
   A vous posséder seul en partage,
   Je m'engage aujourd'hui pour jamais.
       Je m'engage, etc.
4. Admire ton bonheur, ô mon âme !
   Le ciel même en doit être jaloux,
   Puisqu'en suivant l'ardeur qui t'enflamme,
   Je m'engage aux devoirs les plus doux,
       Je m'engage, etc.
5. Par un culte constant et sincère,
   Par un vif et généreux amour,
   A servir, à chérir une Mère,
   Je m'engage aujourd'hui sans retour,
       Je m'engage, etc.
6. Mais si je veux lui marquer mon zèle
   Et participer à son bonheur,
   Il faut qu'à suivre en tout ce modèle

Je m'engage et d'esprit et de cœur,
    Je m'engage, etc.

7. Mère sensible et compatissante,
    Soutenez au milieu des combats
    Les efforts d'une ame pénitente,
    Qui s'engage à marcher sur vos pas,
        Qui s'engage, etc.

8. Tu n'es plus qu'une terre étrangère
    Pour moi, monde volage et trompeur :
    Je ne veux plus servir que ma Mère,
    Qui s'engage à faire mon bonheur,
        Qui s'engage, etc.

9. Unissez vos voix, peuple fidèle,
    Aux accords des esprits bienheureux,
    Pour chanter les louanges de celle
    Qui s'engage à combler tous nos vœux,
        Qui s'engage, etc.

---

## Bonheur de servir Marie. ( N° 78. )

1. Heureux qui, dès le premier âge,
    Honorant la Reine des cieux,
    Fuit les dons qu'un monde volage
    Etale avec pompe à ses yeux !
    Qu'on est heureux sous son empire,
    Qu'un cœur pur y trouve d'attraits !
    Tout y ressent, tout y respire
    L'amour, l'innocence et la paix.

2. Mondain, la grandeur tout entière
    S'anéantit dans le tombeau :
    L'instant où finit ta carrière
    Du juste est l'instant le plus beau.
    La paix règne sur son visage,
    Son cœur est embrâsé d'amour ;
    Sa vie a coulé sans nuage,
    Sa mort est le soir d'un beau jour.

3. Comme un rocher qui d'âge en âge,
    Battu par les flots agités,
    Brave la fureur de l'orage

Et l'effort des vents irrités,
Le vrai serviteur de Marie,
Sûr à jamais de son appui,
Brave l'impuissante furie
De l'enfer armé contre lui.

4. Mais l'éclat d'un monde volage
Séduit-il nos faibles esprits,
Elle dédaigne notre hommage,
Et le repousse avec mépris.
Dès lors que notre ame est charmée
Des biens fragiles et mortels,
Notre encens n'est qu'une fumée
Qui déshonore ses autels.

5. Comment avec un cœur profane
Le pécheur malgré ses forfaits
De la vertu qui le condamne
Ose-t-il chanter les attraits ?
De son ame impure et flétrie
Nourrissant un feu criminel,
Comment ose-t-il à Marie
Jurer un amour éternel ?

6. Régnez, Vierge sainte en notre âme,
Vous y ferez régner la paix.
Gravez en nous en traits de flamme
Le souvenir de vos bienfaits.
Mettez à l'ombre de vos ailes
Ces cœurs qui vous sont consacrés ;
Vers les demeures éternelles
Guidez nos pas mal assurés.

---

## Invocation à Marie. (*N°* 111.)

*(Voir à la fin des Cantiques.)*

1. Je vous salue, auguste et sainte Reine,
Dont la beauté ravit les immortels !
Mère de grâce, aimable souveraine,
Je me prosterne aux pieds de vos autels.
O divine Marie !

Mère tendre et chérie !
Amour, amour, c'est le cri de nos cœurs :
Reçois nos vœux, comble-nous de faveurs.   *bis.*

2. Je vous salue, ô divine Marie !
Vous méritez l'hommage de nos cœurs ;
Après Jésus, vous êtes et la vie,
Et le refuge et l'espoir des pécheurs.
O divine Marie, etc.

3. Fils malheureux d'une coupable mère,
Bannis du ciel, les yeux baignés de pleurs,
Nous vous faisons de ce lieu de misère,
Par nos soupirs entendre nos douleurs.
Ô divine Marie, etc.

4. Ecoutez-nous, puissante protectrice :
Tournez sur nous vos yeux compatissants.
Et montrez-nous qu'à nos malheurs propice,
Du haut des cieux vous aimez vos enfants.
O divine Marie, etc.

5. O douce, ô tendre, ô pieuse Marie !
O vous de qui Jésus reçut le jour,
Faites qu'après l'exil de cette vie,
Nous le voyions dans l'éternel séjour.
O divine Marie, etc.

---

## Avantages de la Ferveur. (*N*° 82.)

1. Goûtez, âmes ferventes,
Goûtez votre bonheur ;
Mais demeurez constantes
Dans votre sainte ardeur.
Heureux le cœur fidèle
Où règne la ferveur !
On possède avec elle
Tous les dons du Sei-
gneur.        *bis.*

2. Elle est le vrai partage
Et le sceau des élus ;
Elle est l'appui, le gage
Et l'ame des vertus.
Heureux, etc.

3. Par elle la foi vive
S'allume dans les cœurs,
Et sa lumière active
Guide et règle nos mœurs.
Heureux, etc.

4. Par elle l'espérance
Ranime nos soupirs,
Et croit jouir d'avance
Des célestes plaisirs.
Heureux, etc.

5. Par elle dans les ames
S'accroît de jour en jour
L'activité des flammes
Du pur et saint amour.
Heureux, etc.

6. C'est sa vertu puissante
Qui garantit nos sens
De l'amorce attrayante
Des plaisirs séduisants.
　Heureux, etc.
7. C'est sous sa vigilance
Que l'esprit et le cœur
Conservent l'innocence
Et l'aimable pudeur.
　Heureux, etc.
8. C'est elle qui de l'ame
Dévoile la grandeur ;
Et le zèle s'enflamme
Par sa brûlante ardeur.
　Heureux, etc.
9. De l'ame pénitente
Elle adoucit les pleurs,
Et de l'ame souffrante
Elle atteint les douleurs.
　Heureux, etc.
10. Celui qui fut docile
A vivre sous ses lois,
Courut d'un pas agile
La route de la croix.
　Heureux, etc.
11. Par elle du martyre
Les sanglantes rigueurs
Au cœur qui le désire
N'offrent que des douceurs.
　Heureux, etc.

12. Elle est, pour qui se-
　　conde
Ses généreux efforts,
Une source féconde
Des célestes trésors.
　Heureux, etc.
13. Une larme sincère,
Un seul soupir du cœur,
Par elle a de quoi plaire
Aux yeux purs du Seigneur.
　Heureux, etc.
14. C'est elle qui prépare
Tous ces traits de beauté
Dont la main de Dieu pare
Les Saints dans sa clarté.
　Heureux, etc.
15. Sous ses heureux aus-
　　pices
On goûte les bienfaits,
Les charmes, les délices
De la plus douce paix.
　Heureux, etc.
16. Mais, sans sa vive
　　flamme,
Tout déplaît, tout languit,
Et la beauté de l'ame
Se fane et dépérit.
　Heureux le cœur fidèle
Où règne la ferveur ;
On a part avec elle
Aux saints dons du Seigneur. *bis*

---

## Renouvellement des vœux du Baptême. (*N*° 76.)

1. J'engageai ma promesse au baptême ;
　Mais pour moi d'autres firent serment :
　Dans ce jour je vais parler moi-même,
　Je m'engage aujourd'hui librement,
Je m'engage, je m'engage aujourd'hui librement.
Je m'engage, je m'engage aujourd'hui librement.

2. Je crois en un Dieu trois personnes :
De mon sang je signerais ma foi.
Faible esprit, vainement tu raisonnes,
Je m'engage à le croire, et je crois.
   Je m'engage, etc.

3. A la foi de ce premier mystère,
Je joindrai la foi d'un Dieu Sauveur ;
Sous les lois de l'Eglise ma mère,
Je m'engage et d'esprit et de cœur.
   Je m'engage, etc.

4. Sur les fonts, dans cette eau salutaire,
Pour enfant Dieu daigna m'adopter ;
Si j'en ai souillé le caractère,
Je m'engage à le mieux respecter.
   Je m'engage, etc.

5. Je renonce aux pompes de ce monde,
A la chair, à tous ses vains attraits :
Loin de moi, Satan, esprit immonde !
Je m'engage à te fuir pour jamais.
   Je m'engage, etc.

6. Faux plaisirs, source infâme de vices,
Trop longtemps vous fûtes mon amour ;
Je renonce à vos fausses délices,
Je m'engage à Dieu seul sans retour.
   Je m'engage, etc.

7. Oui, mon Dieu, votre seul Evangile
Règlera mon esprit et mes mœurs :
Dussiez-vous en frémir, chair fragile,
Je m'engage à toutes ses rigueurs.
   Je m'engage, etc.

8. Ah ! Seigneur, qui sait bien vous connaître
Sent bientôt que votre joug est doux ;
C'en est fait, je n'ai point d'autre maître,
Je m'engage à ne servir que vous.
   Je m'engage, etc.

9. Sur vos pas, ô mon divin modèle !
Plus heureux qu'à la suite des rois,
Plein d'horreur pour ce monde infidèle,
Je m'engage à porter votre Croix. Je m'engage, etc.

10. Si le Ciel d'un moment de souffrance
Doit, Seigneur, être le prix un jour,
Animé par cette récompense,
Je m'engage à tout pour votre amour.
 Je m'engage, etc.

11. C'est, mon Dieu, dans vous seul que j'aspire
A fixer mes plaisirs et mes goûts.
Pour le Ciel c'est peu que je soupire :
Je m'engage à soupirer pour vous.
 Je m'engage, etc.

12. Puisque enfin dans le Ciel, ma patrie,
De mes biens vous serez le plus doux,
Dès ce jour et pour toute ma vie,
Je m'engage et je suis tout à vous.
 Je m'engage, etc.

---

## Sur le respect Humain. (N° 88.)

Tyran des enfers,
Nous brisons tes fers,
Pour nous plus d'esclavage !
Unissons nos voix,
Rendons à la croix
Un sincère et public hommage.

1. Jurons haine au respect humain,
Brisons cette idole fragile ;
Sur ses débris que notre main
Elève un trône à l'Evangile.
 Tyran, etc.

2. Chrétiens, d'une vaine terreur
Serons-nous toujours la victime ?
Qu'il soit banni de notre cœur
Le cruel tyran qui l'opprime.
 Tyran, etc.

3. Sous le joug d'un monde censeur
Nous gémissons dès notre enfance ;
Recouvrons, vengeons notre honneur,
Proclamons notre indépendance.
 Tyran, etc.

4. Partout flottent les étendards
   Qu'arbore à nos yeux la licence;
   Faisons briller à ses regards
   La bannière de l'innocence.
   Tyran, etc.

5. Tout Chrétien doit être un soldat
   Rempli d'ardeur, né pour la gloire;
   Quand son chef le mène au combat,
   Tremblant il fuirait la victoire!
   Tyran, etc.

6. Tandis que, sur le champ d'honneur,
   La valeur signale les braves,
   On me verrait lâche et sans cœur
   Traînant les chaînes des esclaves!
   Tyran, etc.

7. Seigneur, ton camp sera le mien.
   Tant qu'il coulera dans mes veines
   Quelques gouttes de sang chrétien,
   Monde, tes menaces sont vaines.
   Tyran, etc.

8. Divin Roi, jusqu'à mon trépas
   Mon cœur te restera fidèle;
   Puisse la croix, guidant mes pas,
   Me voir tomber, mourir près d'elle.
   Tyran, etc.

9. Chrétiens, le signal est donné,
   Hâtons-nous, courons à la gloire;
   L'heure du triomphe a sonné,
   Le ciel nous promet la victoire.
   Tyran, etc.

---

## Triomphe de la Croix. (*N*ᵒˢ 93 *et* 147.)

1. Vive Jésus, vive sa croix;
   N'est-il pas bien juste qu'on l'aime,
   Puisqu'en expirant sur ce bois
   Il nous aima plus que lui-même?
   Chrétiens, chantons à haute voix:
   Vive Jésus, vive sa croix;            *bis.*

2. Vive Jésus, vive sa croix,
   Le Sauveur l'ayant épousée,
   Elle n'est plus comme autrefois
   Un objet d'horreur, de risée.     Chrétiens, etc.

3. Vive Jésus, vive sa croix;
   Arbre dont le fruit salutaire
   Répare le mal qu'autrefois
   Fit le péché du premier père.     Chrétiens, etc.

4. Vive Jésus, vive sa croix;
   C'est l'étendard de sa victoire;
   Par elle il nous donna ses lois,
   Par elle il entra dans sa gloire.     Chrétiens, etc.

5. Vive Jésus, vive sa croix,
   De tous nos biens source féconde,
   Qui, dans le sang du Roi des rois,
   A lavé les péchés du monde.     Chrétiens, etc.

6. Vive Jésus, vive sa croix,
   La chaire de son éloquence,
   Où, me prêchant ce que je crois,
   Il m'apprend tout par son silence.     Chrétiens, etc.

7. Vive Jésus, vive sa croix;
   Ce n'est pas le bois que j'adore;
   Mais c'est mon Sauveur sur ce bois
   Que je révère et que j'implore.     Chrétiens, etc.

8. Vive Jésus, vive sa croix;
   Prenons-la pour notre partage;
   Ce juste, cet aimable choix
   Conduit au céleste héritage.     Chrétiens, etc.

---

## Actions de Grâces. (No 96.)

1. Bénissons à jamais
   Le Seigneur dans ses bienfaits,
   Bénissons à jamais
   Le Seigneur dans ses bienfaits.

Bénissez-le, saints Anges.
Louez sa majesté,
Rendez à sa bonté
Mille et mille louanges.     Bénissons, etc.

2. C'est un bien tendre père,
Plein de bonté pour nous ;
Il nous supporte tous
Malgré notre misère.              Bénissons, etc.
3. Comme un pasteur fidèle,
Sans craindre le travail,
Il ramène au bercail
Une brebis rebelle.               Bénissons, etc.
4. Il a brisé ma chaîne ;
Il est mon protecteur ;
Et comme un doux Sauveur ,
Il soulage ma peine.              Bénissons, etc.
5. Il a guéri mon âme,
Comme un bon médecin ;
Comme un flambeau divin,
Il m'éclaire, il m'enflamme.      Bénissons , etc.
6. Il me comble à toute heure
De grâce et de faveur ;
Dans le fond de mon cœur
Il a pris sa demeure.             Bénissons , etc.
7. Sa bonté me supporte,
Sa lumière m'instruit,
Sa douceur me ravit,
Son amour me transporte.          Bénissons, etc.
8. Son cœur sera sans cesse
Ma force et mon appui ;
Je me consacre à lui ;
Son tendre amour me presse.       Bénissons, etc.
9. Ma devise chérie,
Ma gloire et mon bonheur,
Seront d'être au Seigneur
Pendant toute ma vie.             Bénissons, etc.
10. Dieu seul est ma tendresse,
Dieu seul est mon soutien,
Dieu seul est tout mon bien ,
Ma vie et ma richesse.            Bénissons, etc.

# REFRAINS.

### 1.

Pardon , mon Dieu, pardon,
Mon Dieu , pardon ;
N'est-tu pas un Dieu bon ?
Mon Dieu , pardon ;
N'est-tu pas un Dieu bon ?

### 2.

O loi pure
Je le jure ,
Tu régneras sur mon cœur ,
Je m'engage
Sans partage
Au service du Seigneur.

### 3.

Vierge tutélaire
Protége nos jours ;
Nous voulons te plaire
Et t'aimer toujours.

### 4.

De Marie
Qu'on publie
Et la gloire et les grandeurs ;
Qu'on l'honore ,
Qu'on l'implore ,
Qu'elle règne sur nos cœurs.

### 5.

Parais , Dieu de lumière ,
Et viens renouveler la face de la terre.

**6.**

Séraphins, à ce roi suprême
Souffrez que j'offre vos ardeurs,
Pour aimer Jésus comme il aime,
Faibles mortels, c'est trop peu de nos cœurs.

**7.**

Le monde trompeur et volage
En vain m'offrira sa faveur ;
Je n'en veux point, tout mon partage
Est de n'aimer que le Seigneur.

**8.**

Foi de nos pères,
Notre règle et notre amour,
Nous embrassons dans ce jour
Et ta morale et tes mystères.

**9.**

Vive Jésus, je crois, je suis Chrétien,
Censeurs, je vous méprise :
Lancez, lancez vos traits, je ne crains rien ;
Mon bras vainqueur les brise.

**10.**

Du vainqueur de l'enfer célébrons la victoire ;
Réunissons nos cœurs, réunissons nos voix ;
Chantons avec transport son triomphe et sa gloire ;
Chantons vive Jésus ! chantons vive sa croix !

**11.**

Non, non, non, de tant de bienfaits
Ne perdons jamais la mémoire ;
Non, non, non, ne cessons jamais
De publier partout sa gloire.

**12.**

C'est notre reine et notre mère ;
A l'aimer consacrons nos jours,
Heureux l'enfant qui sait lui plaire
Toujours, toujours, toujours.

## 13.

Toujours, toujours tu seras notre mère,
Toujours, toujours tu seras notre amour ;
Toujours, toujours nous vivrons pour te plaire,
Toujours, toujours tu seras notre amour.
Tu nous vois tous à tes genoux,
Sois avec nous, mère chérie,
Tu nous vois tous à tes genoux,
Sois avec nous, protège-nous.

## 14.

Oui, nous l'avons juré, nous sommes tes enfants,
Nous faisons de nos cœurs le don le plus sincère ;
Que la terre et les cieux redisent nos serments,
Guerre au monde, à satan ! amour à notre mère !

---

# PRIÈRE

*dont saint Bernard a dit que jamais elle n'avait été
en vain adressée à la Sainte Vierge.*

Souvenez-vous, ô Vierge pleine de bonté ! que jusqu'à ce jour on n'a pas entendu dire qu'aucun de ceux qui se sont mis sous votre protection, qui l'ont réclamée et imploré votre secours, ait jamais été abandonné : animé de la même confiance, ô Vierge des vierges, ô ma Mère ! moi aussi, tout pécheur que je suis, j'accours me réfugier auprès de vous, je viens en gémissant me prosterner à vos pieds : ô Mère de mon Dieu, ne dédaignez pas ma prière, mais soyez-moi propice et daignez m'exaucer. Ainsi soit-il.

www.ingramcontent.com/pod-product-compliance
Ingram Content Group UK Ltd.
Pitfield, Milton Keynes, MK11 3LW, UK
UKHW022351120726
13694UKWH00004B/1811